いつも　なかよし

つちだよしはる・作絵

きつねのこの　いえでは、あさから
おおいそがしです。
きつねのこは、じぶんの　へやの　そうじ
です。ふゆじゅう　あそんだ　おりがみや、
いらなくなった　かみを　あつめ、ふくろに
つめました。
まどべに　おいていた「どんぐりの　き」
と　かかれた　うえきばちを、あたたかい

にわに　だしました。

おかあさんは、エプロン《えぷろん》を　して、
うたを　うたいながら、まどを
うれしそうに　ふいています。
そうじに　あきた　きつねのこは、
そのまま　いえの　うらの　もりへ
とびだしていきました。

うさぎのこの　いえでも、あさから
おおいそがしです。
おかあさんは、ふゆじゅう　つかった
カーテン《かあてん》や　シーツ《しいつ》、ぬいぐるみまで、
せんたくを　しています。
うさぎのこも　エプロン《えぷろん》を　して、
おかあさんが　あらった　せんたくものを
ほしています。

あっと　いうまに　にわじゅうが、
せんたくもので　いっぱいに　なりました。
あたたかい　おひさまの　した、
せんたくものは　うれしそうに、ゆれて
います。
うさぎのこは、あたたかい　ひざしに
つられて、おさんぽに　でかけました。

たぬきのこの　いえでも、あさから
おおいそがしです。
おとうさんは　あたまに　てぬぐいを
まき、マスク《ますく》をかけて、いえの　えんとつ
そうじを　しています。
くろい　すすが　どんどん　でてくると、
おとうさんは　うれしそうです。

たぬきのこも　てぬぐいを　まき、
そとに　ストーブ《すとうぶ》を　だして、よごれを
きれいに　おとしました。
そのあとで、まっくろに　なった　てや
ながぐつを、いえの　わきの　おがわで
あらいました。

もう　みずは、つめたく　ありません。
とっても　いい　きもち。
そのまま　たぬきのこは、おさんぽに
でかけました。

きつねのこは、ひさしぶりに　もりの
なかを　あるきました。
ずうっと　しろい　ゆきに　かくれていた
つちが　あらわれて、その　まっくろな
つちが　やわらかくて、うれしくなりました。
もりの　むこうから　ふいてくる　かぜが、
つちの　におい、きの　においを　つれて
きて、いい　きもち。

ねむって　いた　もりは、　あたたかい
ひざしの　なかです。

ゆきを　ふるいおとした　きぎの　えだは、のびのびと　うれしそうに　ゆれています。ふゆの　もりは、なにも　おとの　ない　せかいでした。

きつねのこが、しゃがんで　みると、ゆきどけみずが　チロチロ《ちろちろ》と　ながれ、きぎの　えだから　おちる　すいてきの　ポタポタ《ぽたぽた》と　いう　おとが　きこえてきます。

くすのきの　かげから、かえるたちの
こえが、きこえてきました。
きつねのこが　のぞくと、にひきの
かえるが、うれしそうに　はなしています。
「やあ、ひさしぶり。きょねんの　あきいらい
だねえ。よく　ねたねえーゲロ《げろ》。」
「うんゲロ《げろ》、ねるの　あきたでゲロ《げろ》。」
「ねると　おなか　すくゲロ《げろ》、なにか　たべに

いこうゲロゲロ《げろげろ》。」
と　いって、
ぴょんぴょん
とんでいきました。

きつねのこが　もっと
あるいていくと、
ねずみたちや　とりたち
ちょうちょたちも、
うれしそうに　はなして
いたり、とんだり
しています。
もりじゅう、よろこび

でいっぱいです。
よろこびの　もりを
あるいていると、
きつねのこも　うれしく
なってきました。
もりを　ぬけると、
いつもの　はしに
でました。

はしの　むこうから、
「きつねちゃーん。」
「おーい、きつねくーん。」
と　よぶ　こえが　きこえてきました。
エプロン《えぷろん》を　した　うさぎのこと、
あたまに　てぬぐいを　まいて、ながぐつを
はいた、たぬきのこでした。
きつねのこは、「うん。」と　いって、はしの

てすりを　ぽんと　たたくと、ふたりの
ところへ　はしっていきました。

「くまくんも　よびにいって、みんなで
あそぼ、あそぼう。」
みんなは、くまのこの　いえの　ほうへ
かけて　いきました。
はしの　てすりには、きつねのこが
ふゆの　あいだに　おって　すてずに
もっていた　チューリップ《ちゅうりっぷ》の　おりがみが
おいてありました。

＊

やまには　きりの　きの　はなが　さき、のはらには　たんぽぽの　はなが　さいています。

きょうは、くまのこの　おじいちゃんがびょうきなので、みんなは　おみまいにいきます。てには、いろんな　いろや　かたちの　ちいさな　ふくろを　もっています。

あそびひろばを　ぬけ、もりを　ぬけ、
まるきばしを　わたると、くまのこの
おじいちゃんの　いえです。
いえが　みえると、くまのこは、
「おじいちゃーん。」
と　いって、いえの　なかに　はいって
いきました。
きつねのこと、うさぎのこと、たぬきのこは、

しんぱいそうに　そとで　まっていました。

しばらく　すると、くまのこと
おばあちゃんが、いえから　でてきました。
「おじいちゃん、ずうっと　ねむってるん
だって……。」
と、くまのこは　いいました。
「ごめんね、せっかく　きてくれたのに……。」
と、おばあちゃんが　いいました。
おじいちゃん　おきにいりの　にわは、

くさで　いっぱいでした。

「おじいちゃんが　げんきじゃないと、
やっぱり　おにわが　さみしそう……。」
と、くまのこが　いいました。
「ぼくたちで、おにわを　きれいにして、
いいですか？」
と、たぬきのこが　きくと、
「ええ、いいわよ。」
と、おばあちゃんは　こたえました。

するると、みんな　うれしそうに
ふくろを　だしました。

「それは、なあに？」
おばあちゃんは、ふしぎそうに　ききました。
「うん、おじいちゃんが　げんきになる
ひみつの　たねだよ！」
と、きつねのこが　いいました。
みんなは、じぶんの
ふくろを　あけました。
うさぎのこは

まあるい　たね、
きつねのこは
ちいさい　たね、
たぬきのこは
しましまの　たね、
くまのこは
くろい　たねを
だしました。

「まああ、ありがとう。おはなを　みたら、
きっと　おじいちゃんも　よろこぶわ。」
と、おばあちゃんは　いいました。
みんなは、さっそく　こやから　どうぐを
だして、くさで　いっぱいに　なった　にわを、
きれいに　します。
くまのこは、ちからもち。おおきな　くわを
もって　ザクザク《ざくざく》　つちを　たがやします。

たぬきのこは、
おばあちゃんから
もらった、おはなの
えいようになる
はっぱを　まきます。
きつねのこは、くわで
つちを　あつめて、
「ぼく、おやま

つくるの
だいすき。」
と　うれしそうです。
うさぎのこは、みんなの
たねの　ひとつ　ひとつに、
「おおきくなーれ。」
と　いいながら、たねを
うえて　いきました。

「おじいちゃん、げんきになあれ。」

と、みんなで　いいながら、うえた　たねに
みずを　かけました。

「わぁーい、できたあ。」と、たぬきのこ。

「たのしみね。」と、うさぎのこ。

「きっと　よろこぶよ。」と、きつねのこ。

「うん、でも、おなか　すいちゃったあ。」

と、くまのこ。

すると、おばあちゃんが、
「みんな　ごくろうさま。」
と、うれしそうに　いって、おにぎりを
たくさん　つくって　きて　くれました。
みんなは　おおよろこびで、おばあちゃんの
おおきな　おにぎりを　おなか　いっぱい
たべて、おうちに　かえりました。

なつに　なりました。
やまや　もりは、あつくなりました。
みんなは、また、くまのこの　おじいちゃんの　いえに　むかいました。もりを　ぬけ、まるきばしを　わたると、いえが　みえました。
こんどは、みんな　おおきな　こえで、
「おじいちゃーん。」
と　いっしょに　よんでみました。

すると、
おじいちゃんと
おばあちゃんが、
いえから　でて
きました。

「わあ、おじいちゃん、てを　ふってるよ。」

と、きつねのこ。

「げんきに　なったんだねえ。」

と、たぬきのこ。

「おばあちゃんも、うれしそう。」

と、うさぎのこ。

おじいちゃんは、みんなに、

「ありがとう、みんなの　おかげで　げんきになったよ。そして、あれ　みてごらん。」
といって、にわを　ゆびさしました。

「うわぁー、きれい。おはなで　いっぱーい。」

にわは、はなで　うまっていました。

「ぼくの　うえた　ひまわりが、いっぱーい。」

と、たぬきのこ。

「わたしの　うえた　おしろいばなも　きれい。」

と、うさぎのこ。

「ぼくの　うえた　ほうせんかも　すてきだよ。」

と、きつねのこが　いいました。

「あれ？　ぐるぐる　たってる　はっぱは
なあに？　くまくん、なに　うえたの？」
と　うさぎのこが　きくと、くまのこは、
「うーん、ぼく　すいかを　うえたんだあー。
おじいちゃんが　すいか　すきだし、
ぼくも　だいすきだから……。」
と、うれしそうに　いいました。
「ふふふ。まあまあ、

くまくんたら。」
と、おばあちゃんが
わらいました。
「もう　すこしすると、
すいかが　いっぱい
たべられるなあ。」
と、おじいちゃんは
いいました。

「すいかの　はなしを　してたら、ぼく、
おなか　すいちゃった。」
と、くまのこが　いいました。
「ふふふふ、しょうがないわねぇ、みんなで
おひるの　したくを　しましょうね。」
と、おばあちゃんは、また　わらいました。
おひさまの　した、みんなが　うえた　はなの
にわで、おじいちゃんが　つくった　トマト《とまと》

と、おばあちゃんが　つくった　おおきな
おにぎりを、みんなで　たべました。

＊

くまのこは、うれしい　ことや　かなしい
ことが　あると、いえの　うらに　ある、
ぶなの　もりへ　いきます。
なつの　ぶなの　もりは、ひかりが　はを
すきとおし、ひかりの　もりに　なります。
その　なかを、くまのこが　あるくと、
こころが　すうっと　やさしくなる　きが

しました。

あるひ、くまのこは　ものおきから
きの　いたを　いくつか　もってきて、
もりに　はいりました。
そして、ごつごつした　おきにいりの
ぶなの　きに　のぼって、えだと　えだを
くみました。そこに、きの　いたを
きれいに　しきました。
「わあーい、できた。おうちみたい。ぼくのひみつきちだ。」

つぎの　ひは、
だんボール《ぼうる》を
はこびました。

その　つぎの
ひは、うすい
いたを
はこびました。
くまのこは、
きちづくりに
むちゅうでした。

ある ひ、おとうさんは、ものおきの
いたや だんボール《ぼうる》が、すくなくなって
いるのに きが つきました。
ふと、じめんを みると、ものおきから
うらの ぶなの もりに、なにかを
ひきずって いった あとが ありました。

その　よる、ふたごの　いもうとたちが、
くまのこの　おきにいりの　えほんに、
クレヨン《くれよん》で　えを　かいていました。
「これ、ぼくんだよ！」
と、くまのこが　えほんを　とりあげると、
いもうとたちは、「わーん。」と　なきだして
しまいました。
だいどころに　いた　おかあさんは、

かけよって、
「だめでしょう！
いもうとを
なかしちゃあ、
おにいちゃん
なんだから……。」
と　くまのこを
しかりました。

「だって　だって、ぼくんだもん……。」

くまのこは、いまにも　なきだしそうなかおで、まっくらな　そとへ　でていってしまいました。

ソファ《そふあ》で　しんぶんを　よんでいたおとうさんは、まどの　そとを　ずっとみていました。

じっぷん、さんじっぷん、いちじかん……。

くまのこは　もどってきません。
「だいじょうぶかしら……？」
と、しんぱいそうに　おかあさんは
いいました。
おとうさんは、むっくりと　たちあがって、
そとへ　でていきました。

そのとき、くまのこは、ぶなの　きの
ひみつきちに　ねころんで、よぞらを
みつめていました。

でも、だんだん　さみしく　なって　きました。
「ホッホー《ほっほう》。」と　なく　ふくろうの　こえや、
ザワザワ《ざわざわ》と　いう　はっぱの　こすれる　おと、
ギシギシ《ぎしぎし》と　きの　ゆれる　おとが　きこえて
きます。とつぜん、ぬうーと　おおきな
くろい　かげが　あらわれました。

「きゃー。」
くまのこは
とびおきました。

「おいおい、おとうさんだよ。」

おとうさんが、かおを　ちかづけました。

「ずいぶん、りっぱな　おうちだね。」

「うん！　ぼくだけの　ひみつきちだよ。」

くまのこは、うれしそうに　こたえました。

「ほしも　よく　みえるんだよ。」

と、たのしそうに　ねころがりました。

「そうなんだ。」

と　いって、おとうさんも、くまのこの
わきに　ねころがりました。

くまのこは　よぞらを　ゆびさして、
「あれが　はくちょうざ、その　したが
わしざ。そして、はくちょうざの　よこが
ことざ。みっつの　せいざの　なかに
ある　おおきな　ほしを　つなげて、
『なつの　だいさんかくけい』って
いうんだよ。」
と、とくいげに　はなしました。

「すごいねえ、それ、だれに　おしえて
　もらったの？」
と　おとうさんが　きくと、くまのこは、
「これに　かいてあるんだよ。」
と　ほんを　みせました。
それは、さっき　いもうとたちが　えを
かいてしまった　えほんでした。
「ぼく、この　ほんが　だいすき。うちゅう

りょこうを　している
みたいなんだよ。」
と　いいました。

「そうなんだ。」

と、おとうさんは　うれしそうに

こたえました。

きの　したには、ふたりの　はなしを

きいていた、おかあさんが　たっていました。

そして、にっこりと　うなずいて、

そおっと　おうちに　ひきかえしました。

◆この本の作者

つちだよしはる（土田義晴）

一九五七年、山形県鶴岡市に生まれる。日本大学芸術学部油絵科を卒業。在学中より画家の中谷貞彦・千代子夫妻に師事する。

自作絵本に、『うたえほん』（グランまま社）『14の心をきいて』（PHP研究所）『ふくの神どっさどっさどっさぁり』（リーブル）『いちばんまちどおしい日』（ポプラ社）「ごちそう村だより」シリーズ（小峰書店）「あーあー森のはりねずみ一家」シリーズ（佼成出版社）など多数がある。

さし絵には『きいろいばけつ』『つりばしゆらゆら』『ぼくだけしってる』『たからものとんだ』『あのこにあえた』『もりのなかよし』『おはなし8つ』シリーズ、「よみきかせぶっく」シリーズ（以上あかね書房）など多数がある。故郷山形との交流を大切にして、心の原風景を描き続けている　東京都在住。

●わくわく幼年どうわ・10

いつも　なかよし

二〇〇四年三月　初　版
二〇一九年十月　第九刷

作　者　**つちだよしはる**

発行者　**岡本光晴**
発行所　株式会社　あかね書房
　　　　東京都千代田区西神田３-２-１
　　　　電話　０３-３２６３-０６４１（代）
　　　　〒１０１-００６５
印刷所　株式会社　精興社
製本所　株式会社　ブックアート
ＮＤＣ９１３／７７Ｐ／２２cm
ISBN978-4-251-04020-6

定価は、カバーに表示してあります。
落丁・乱丁本はお取り替えいたします。

＊この作品は、山形県酒田市のタウン誌「SPOON」（スプーン）に連載された「きつねのこダイアリー」のなかの二編に加筆しました。

じぶんで　よんでも、だれかに　よんであげても、
わくわく　たのしい　どうわだよ！

わくわく幼年どうわ

1. どんぐり、あつまれ！
佐藤さとる・作／田中清代・絵

2. へんないぬ パンジー
末吉暁子・作／宮本忠夫・絵

3. ぼくは ガリガリ
伊東美貴・作絵

4. ぶなぶなもりの くまばあば
高橋たまき・作／藤田ひおこ・絵

5. ごきげん こだぬきくん
渡辺有一・作絵

6. もりの なかよし
つちだよしはる・作絵

7. すてきな のはらの けっこんしき
堀　直子・作／100% ORANGE・絵

8. うさぎの セーター
茂市久美子・作／新野めぐみ・絵

9. クッキーの おうさま
竹下文子・作／いちかわなつこ・絵

10. いつも なかよし
つちだよしはる・作絵

11. ぶなぶなもりで あまやどり
高橋たまき・作／藤田ひおこ・絵

…………以下続刊…………